AF451957

ALEXANDRE
AUX INDES,
OPÉRA
EN TROIS ACTES,
REPRÉSENTÉ,
POUR LA PREMIERE FOIS,
SUR LE THÉATRE
DE L'ACADÉMIE-ROYALE
DE MUSIQUE,

Le Mardi 26 Août 1783.

PRIX XXX SOLS.

A PARIS,

De l'Imprimerie de P. DE LORMEL, Imprimeur de ladite Académie,
rue du Foin Saint-Jacques, à l'Image de Sainte Genevieve.

On trouvera des Exemplaires à la Salle de l'Opéra.

M. DCC. LXXXIII.

AVEC APPROBATION, ET PRIVILEGE DU ROI.

Les Paroles font de M***.

La Muſique eſt de M. DE MEREAUX,

ACTEURS ET ACTRICES
CHANTANTS DANS LES CHŒURS.

Côté de la Reine.		Côté du Roi.	
Mesdemoiselles.	*Messieurs*	*Mesdemoiselles.*	*Messieurs.*
Des Rosières.	Candeille.	Dubuisson.	Péré.
D'Hautrive.	Larlat.	Garrus.	Legrand.
Joséphine.	Capoi.		Martin.
Fel.	Rey.	Rouxelin.	Poussez.
Launer.	Vallon.	Sanctus.	Touvoys.
Macker.	Cleret.	Charmoy.	Cauchois.
Aurore.	Tacusset.	Leclerc.	Jalliot.
David.	Baillon.	Deslions.	Cavallier.
Breffort.	De Lori.	Voisin.	Jouve.
Beaumont.	Fagnan.	Desportes.	Moulin.
	Bouvard.	Lacourneuve	Jalaguier.
	Joinville.		Duchamp.
	Le Roux, l.		Delboy.
	Le Roux, c.		

ACTEURS.

ALEXANDRE, *Roi de Ma-cédoine , & vainqueur des Perses ,*   M. Lainé.

PORUS , *Roi d'une partie de l'Inde ,*   M. l'Arrivée.

AXIANE , *Reine d'une autre partie des Indes ,*   Mlle. Maillard.

EPHESTION , *Confident & Ambaffadeur d'Alexandre ,* M. Roufseau.

GANDARTÈS , *Confident de Porus ,*   M. Laïs.

LE GRAND - PRÊTRE *de Bacchus ,*   M. Cheron.

UNE DAME *Indienne ,*   Mlle. Gavaudan, l.

UN CAPITAINE *Grec ,*   M. Moreau.

Six FEMMES *de la Suite* D'*AXIANE.* Mlles Châteauvieux, Thonat. Girardin. Rofalie. Jofephine. Gavaudan, c.

UN OFFICIER *Grec*, M. Dufrenai.
UN OFFICIER *Indien*, M. Chardiny.
GUERRIERS *Grecs.*
GUERRIERS *Indiens.*
PEUPLES *Indiens.*

La Scêne se passe dans l'Inde , sur les bords de
l'Hydaspe.

PERSONNAGES DANSANTS.

ACTE PREMIER.

PRÉTRESSES.

Mlle. DORIVAL.

Mlles. Bernard, la Coſte, Seville, le Clerc, Prud'homme, Maſſon, Dupleſſis, Eliſberg.

INDIENS & INDIENNES.

M. GARDEL.

M^{rs}. Simonet, le Breton, Milon, Poinon, Coindé, Joly, Lahaye, Rivet.

Mlle. DUPRÉ.

Mlles. Courtois, Dancourt, Simon, Deliſle, d'Auvilliers, Barré, Vanloo, Camille.

ACTE SECOND.

INDIENNES, de la Suite D'AXIANE.

Les mêmes du premier Acte.

ALEXANDRE.

ALEXANDRE.

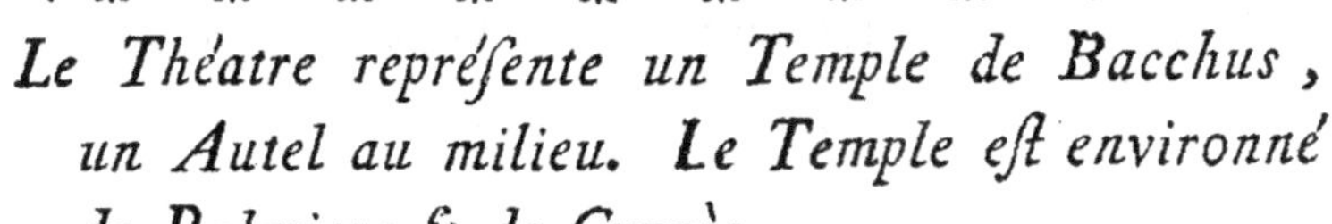

ACTE PREMIER.

*Le Théatre repréſente un Temple de Bacchus,
un Autel au milieu. Le Temple eſt environné
de Palmiers & de Cyprès.*

SCENE PREMIERE.

AXIANE, *Femmes de ſa Suite.*

AXIANE.

Non, rien ne peut diſſiper mes alarmes,
Le ſuperbe vainqueur, & d'Arbelle, & d'Iſſus,
Au ſein de ſes Etats vient attaquer Porus ;
    Ah ! que ce jour peut me coûter de larmes !
Le CHŒUR.
Raſſurez-vous, voyez tous nos Guerriers
Enflammés du deſir de combattre Alexandre ;

A

Prêts à tout entreprendre,
Des mains de la Victoire espérer des lauriers.

AXIANE.

Ah ! l'espoir fuit d'un cœur, quand la crainte
  l'accable !
Qui pourroit résister à ce fameux Vainqueur ?
  Tout cede à sa valeur,
Aux efforts étonnants de son bras redoutable :
Et ces Rois, avant lui, maîtres de l'Univers,
Reconnoissent ses loix, ou vivent dans ses fers.

LE CHŒUR.

Vainqueur de tous ces Rois, il n'est point invincible.

AXIANE.

En est - il moins terrible ?

LE CHŒUR.

Dans les combats
Porus a signalé son bras.

AXIANE.

Dieux ! veillez sur Porus ; quoi ! dans cette journée,
L'Hymen à ce grand Roi joignoit ma destinée :
  L'Autel étoit paré de fleurs ;
  Hélas ! les flambeaux d'Hyménée
  Seroient-ils éteints par mes pleurs ?

AXIANE avec le CHŒUR.

Grands Dieux, préfervez-nous des malheurs de la
  guerre ;
Ecartez de nos murs ce fléau de la terre ;
  Que fon ravage affreux
Ne trouble point la paix qui régnoit en ces lieux.

SCENE II.

PORUS, AXIANE, CHŒUR.

CHŒUR, derriere le Théatre.

MEnez-nous à la gloire,
Volons à la victoire ;
Ah ! ne différez pas,
Menez-nous aux combats.

AXIANE.

Les cris de nos Guerriers, déja fe font entendre.

(*Entrée de PORUS au milieu des Guerriers.*)

PORUS.

Marchons, braves amis, marchons vers Alexandre ;
Des rives de l'Hydafpe, à celles de l'Indus,
Il trouvera par-tout les Soldats de Porus.

A ij

LE *CHŒUR*.

Menez-nous à la gloire,
Volons à la victoire ;
Ah ! ne différez pas,
Menez-nous aux combats.

P O R U S.

Voyez, belle Princeſſe,
Vos Sujets & les miens dans l'ardeur qui les preſſe,
Partager mes tranſports ; nous combattrons pour
  vous,
D'un puiſſant ennemi nous braverons les coups.

A X I A N E.

Eh ! qu'oppoſerez-vous à ce fier Alexandre ?

P O R U S.

Ces fidéles Guerriers jaloux de vous défendre,
Nos Eléphans nombreux, inſtruits dans les combats.
Nos Chars armés de faulx, hériſſés de Soldats,
Lancés contre les Grecs, nous feront un paſſage.
  Etonné de notre courage,
Ce Guerrier ſi vanté, ſera forcé de fuir.
Mais avant de céder à ce bouillant deſir,
                    (*Aux Guerriers.*)
Allez, que l'on prépare un pompeux ſacrifice
A ce Dieu qui fait vaincre, & que vous adorez ;

Qu'il daigne être propice
Aux défenfeurs de fes Autels facrés.

SCÊNE III.

PORUS, AXIANE.

PORUS.

EH ! pourquoi de vos yeux vois-je couler des larmes ?

AXIANE.

Pourrois-je fans effroi vous voir courir aux armes ?
Je ne m'en défends point, vous voyez la frayeur
     Dont mon ame eft atteinte ;
     Elle trouble mon cœur,
  Et mon amour eft égal à ma crainte.
  Ah ! fi j'avois fur vous quelque pouvoir !...

PORUS.

  De mon deftin je ne fuis plus le maître,
Dans un rang élevé quand le Ciel m'a fait naître,
Je dois tout immoler aux rigueurs du devoir.
    De quel droit vient ce téméraire
    Me déclarer la guerre,

Et porter le ravage au sein de mes Etats?
      Peut-il se plaindre d'un outrage?
       Non... c'est la seule rage
       Qui l'entraîne aux combats.
C'est à moi d'arrêter ses pas:
La mort l'attend sur ce rivage.
Je veux que cent Peuples divers,
      Redisent d'âge en âge:
      Porus brisa nos fers;
      Porus par son courage
      A vengé l'Univers.

AXIANE.

Qu'osez-vous entreprendre!
Voyez par ce Guerrier les trônes mis en cendre,
Tous les humains tremblants au seul nom
    d'Alexandre;
    Voyez tous ces Rois enchaînés,
A la honte, à la mort par ce Roi condamnés.

PORUS.

Que votre crainte cesse;
Ce fils de Jupiter, adoré par l'erreur,
N'a vaincu que des Rois vaincus par leur molesse:
C'est un homme à mes yeux, je le vois sans terreur;
Je vois un grand Guerrier, qu'un Guerrier peut
    abattre;
Ces Rois se sont rendus sans oser le combattre.

A X I A N E.

Le puissant Darius n'a-il pas combattu ?

P O R U S.

Le luxe de son camp l'avoit déja vaincu ;
Ici, Chefs & Soldats brûlants d'impatience,
Sans être chargés d'or, sans faste & sans splendeur,
   Parés de leur seule valeur,
Sous le simple appareil d'une utile défense,
Désirent les Combats, loin de les éviter ;
Avec de tels Sujets, qu'aurai-je à redouter ?

D u o D i a l o g u é.

A X I A N E.

Porus, le beau feu qui m'enflâme,
   S'est éteint dans votre âme ;
Les craintes de l'amour sont loin de votre cœur.

P O R U S.

Rien ne peut éteindre ma flâme,
   Vous régnez sur mon âme.

A X I A N E.

Vous pensez à la gloire, & je pense au malheur
   Que ce jour me prépare,
   Si le destin barbare
Vous faisoit succomber sous le fer d'un vainqueur.

P O R U S.

Enflâmez mon courage,
Et ne m'arrêtez pas.

A X I A N E.

Que me fait le courage ?
Vous fuyez de mes bras.

P O R U S.

C'eſt l'honneur qui m'engage.
Quand l'Inde en ma faveur arme tous ſes Etats,
Je dois vaincre ou périr au milieu des combats.

A X I A N E.

Ah ! cédez à mes larmes.

P O R U S.

Banniſſez vos alarmes.

A X I A N E.

Vous déchirez mon cœur.

P O R U S.

Vous régnez ſur mon cœur.

A X I A N E.

Allez, volez aux armes,
Achevez mon malheur.

P O R U S.

Banniſſez vos alarmes,
Porus ſera vainqueur.

E N S E M B L E,

ENSEMBLE.

PORUS.   *AXIANE.*

Calmez cette douleur | D'eux ! quelle est ma douleur ?
Qui déchire mon cœur. | Vous déchirez mon cœur.

B

SCENE IV.

ENTRÉE *des* PRÊTRES *de* BACCHUS, *des*
GUERRIERS *portant des étendards*, PEUPLE
de l'Inde, Sacrifice à BACCHUS.

LE GRAND PRÉTRE.

Guerriers, la gloire vous appelle ;
Porus guide vos pas, vous ferez tout pour elle ;
   Allez, braves mortels,
Attendez tout des Dieux, conservez leurs Autels.

Divin Bacchus, ô toi, que dans l'Inde on adore ;
Toi, qu'on vit triompher des climats de l'Aurore,
   Etends sur nous ce bras victorieux,
Ce bras qui t'a soumis l'empire de ces lieux.
Daigne exaucer les vœux d'un Peuple qui t'implore,
Bacchus, combats pour nous, fois notre défenseur ;
Que l'ennemi vaincu connoiffe un Dieu vengeur.

CHŒUR.

Daigne exaucer les vœux d'un peuple qui t'implore.
Bacchus, combats pour nous, fois notre défenseur.
Que l'ennemi vaincu connoiffe un Dieu vengeur.

Sacrifice à BACCHUS.

     (*On danse.*)

SCENE V,

LES ACTEURS PRÉCÉDENS, UN INDIEN.

UN INDIEN.

UN Ambaſſadeur d'Alexandre
Demande à vous entretenir ;
Seigneur,

PORUS.

Il faut l'entendre ;
Allez, il peut venir.

SCENE VI.

*Annonce de l'*AMBASSADEUR *d'*ALÉXANDRE.

*Entrée de l'*AMBASSADEUR *, ſa Suite.*

E P H E S T I O N.

AU nom du Conquérant, & du Maître du monde,
Je vous offre, Seigneur, ou la guerre, ou la paix;
   A ſes deſirs que votre choix réponde ;
     Préférez ſes bienfaits.
    Venez, & rendez-lui l'hommage
     Qu'on doit à ſon courage.
Quand la terre étonnée admire ſes exploits,
Quand vingt Rois à ſes pieds ont demandé des loix,
Tout doit vous engager....

P O R U S.

       A craindre l'eſclavage.
Regarde ces Guerriers que ton diſcours outrage.

(PORUS *prend ſon arc, le met ſur l'Autel.)*

    Je jure par ces Autels
De ne pas imiter le reſte des mortels.
Vas redire à ton Maître, au Tyran de la terre,
Que Porus lui déclare une éternelle guerre.

CHŒUR D'INDIENS.

Jurons, jurons tous
Au tyran de la terre
Une éternelle guerre ;
Dieux, conduifez nos coups.

PORUS à EPHESTION.

Tu peux partir.

EPHESTION.

Mortelle offenfe !
Tremblez fur votre fort ;
Qu'efpérez-vous d'une foible défenfe ?

PORUS.

La victoire, ou la mort.

EPHESTION.

Bientôt le fer en main, vous le verrez paroître :
Redoutez fon courroux ;
Vous connoîtrez mon Maître,
Tremblez, frémiffez-tous.

LE CHŒUR.

Jurons, jurons tous,
Au tyran de la terre
Une éternelle guerre ;
Nous craignons peu fes coups.

(Epheftion fort.)

P O R U S.

Soldats, qu'on l'accompagne aux tentes d'Alexandre;
Songeons à nous défendre.
Belle Axiane & vous, ne ſuivez point nos pas,
Détournez vos regards de ces affreux combats.

A X I A N E.

Puiſque l'honneur le veut, défendez la Patrie;
Mais ſongez à l'amour, ſongez en combattant,
Que je perdrai la vie
Si je perds mon amant.

P O R U S.

Je m'arrache à l'amour pour voler à la gloire;
Et reviens à vos pieds, conduit par la Victoire.
Courons au champ d'honneur,
Attaquons Alexandre :
Partons ſans plus attendre.

LE CHŒUR.

De ſon ardeur
Porus remplit notre âme;
Que le fer & la flâme
Servent notre fureur.

FIN DU PREMIER ACTE.

ACTE SECOND.

(Le Théatre représente un Champ de Bataille où l'on a combattu, des Chars renversés, des Soldats Indiens fuyants, & poursuivis par les Grecs.)

SCENE PREMIERE.

(Derriere le Théatre.)

CHŒUR de GRECS.	CHŒUR d'INDIENS.
Combattons, combattons. Poursuivons, poursuivons.	Nous succombons. Fuyons, fuyons.

SCENE II.

PORUS, *(dans le plus grand désordre.)*

Arrêtez, . . . arrêtez, quelle honteuse fuite !
La Patrie & l'honneur, . . . l'honneur vous sollicite.

Venez, rangez-vous près de moi,
Venez, défendez votre Roi :
Lâches... quelle terreur glace votre courage ?...
Où courez-vous... amis... redoutez l'esclavage...
J'ai perdu tous mes droits ;......
Je les appelle envain, ils sont sourds à ma voix.

(Porus tombe accablé de fatigue & en proie au plus grand désespoir.)

(Entrée de GANDARTÈS.)

SCÈNE III.

DUO DIALOGUÉ.

PORUS, GANDARTÈS.

GANDARTÈS.

O Porus, ô mon maître !

PORUS.

Non, tu n'as plus de maître.

GANDARTÈS.

Vous devez toujours l'être.

PORUS.

Ah ! j'ai cessé de l'être.

GANDARTÈS.

Rien n'est désespéré, craignons d'être surpris ;
Venez,

Venez, de nos Guerriers raſſemblons les débris.

P O R U S.

Les lâches m'ont trahi....

G A N D A R T È S.

Vous n'avez qu'à paroître;
Allons, par un nouvel effort....

P O R U S.

Je ne veux que la mort.

G A N D A R T È S.

Vivez pour vous venger, vivez pour Axiane.

P O R U S.

Quel nom viens-tu de prononcer?
Axiane ! ah !...

G A N D A R T È S.

Pouvez-vous balancer ?

P O R U S.

A ne plus la revoir le deſtin me condamne.

G A N D A R T È S.

Vivez pour eſſuyer ſes pleurs.

P O R U S.

Honteux d'être vaincu... ſous les yeux d'une amante,

C

J'irois traîner une chaîne accablante ?
Non, non....

GANDARTÈS.

Vivez pour effuyer fes pleurs ;
Vivez, l'amour confole des malheurs.

GANDARTES.	PORUS.
O Porus, ô mon maître !	Ah ! j'ai ceffé de l'être :
Dieux, veillez fur fon fort !	Dieux, terminez mon fort ;
Qu'il échape à la mort.	Je ne veux que la mort.

SCENE IV.

LES ACTEURS PRÉCÉDENTS.
Un CHEF *Indien, fuivi de Guerriers.*

LE CHEF.

DE vos Guerriers je ramene l'élite,
Tout le refte eft en fuite.

GANDARTÈS.

L'ennemi vient... fuyons.

PORUS.

     Moi fuir ! non, non jamais ;
Que fur ma tête il épuife fes traits.
Mourons en combattant, mourons pour la Patrie ;
  Tombons fous nos drapeaux,
  Vendons cher notre vie ;
  Périffons en Héros.

SCENE V.

LES ACTEURS DE LA SCENE PRÉCÉDENTE.

CHŒUR *de* GRECS.

CHŒUR DES GRECS.	CHŒUR D'INDIENS.
IL faut vous rendre,	Nous rendre !
Cédez tous au Vainqueur....	Quoi, céder au Vainqueur,
Vous ofez vous défendre !	Quand on peut fe défendre !

PORUS, *au Chef des Grecs.*

Affouvis fur moi feul ta barbare fureur.

SCENE VI.

LES ACTEURS DE LA SCENE PRÉCÉDENTE.

ALEXANDRE, *fa* SUITE.

ALEXANDRE.

ARrêtez, arrêtez.... qu'on ceffe le carnage :
  Retenez le Soldat.
De ce Guerrier refpectez le courage ;
L'abus de la victoire en terniroit l'éclat. (*à Porus.*)
A t'expofer ainfi quelle raifon t'engage ?
  Quel eft ton rang, ton fort ?

C ij

         A L E X A N D R E,

P O R U S.

Je suis votre ennemi,...

A L E X A N D R E.

Pourquoi chercher la mort?

P O R U S.

Que m'importe la vie ?
Trop heureux de mourir en servant ma Patrie,
Au champ d'honneur nous sommes tes rivaux;
Penses-tu que la Grece ait seule des Héros?

A L E X A N D R E, (*à part.*)

Porus, que je te porte envie
D'avoir de tels Sujets!...
(*à PORUS.*)
Brave Guerrier, toi l'honneur de l'Asie,
Compte sur mes bienfaits.
Si j'ai détruit des Rois indignes de leurs Trônes,
Apprends qu'à la vertu j'ai donné des couronnes.

P O R U S.

Des couronnes, grands Dieux ! qui peut en accepter
De la main d'un tyran que l'on doit détester?

A L E X A N D R E.

Alexandre, un Tyran... j'excuse ce langage...
Je te vois malheureux, je ne vois plus l'outrage.
Qui punit les tyrans, ne les imite pas.

Au milieu des combats
J'ai bravé le trépas ;
J'ai conquis des Etats ;
Je n'en veux que la gloire.
A travers les horreurs des plus affreux déserts,
Jufques dans ces climats j'ai porté la victoire ;
Elle m'attend encore au bout de l'Univers.

PORUS.

Ah ! n'efpérez jamais, malgré votre puiffance,
Obtenir de Porus. . . .

ALEXANDRE.

Je connois fa vaillance ;
Vas, je me fie à toi,
Retourne vers ton Roi ;
Que ta voix le difpofe
A recevoir la paix qu'Alexandre propofe.

PORUS.

Propofer une paix qui peut bleffer l'honneur !
Ne me choififfez pas pour votre Ambaffadeur.

ALEXANDRE.

S'il préfere un combat, dis-lui qu'il s'y prépare ;
Que je lui rends en toi le Guerrier le plus rare,
Son plus grand défenfeur.

Ton bras eſt déſarmé : je dois à ta valeur

　　　Un éclatant hommage.

Reçois ce fer , qu'il ſoit le prix de ton courage.

PORUS.

J'accepte ce préſent , il eſt cher à mon cœur ;

Puiſque c'eſt contre toi que j'en dois faire uſage.

　　　Tu te reſſouviendras

　　　D'avoir armé mon bras ,

Et prêt à te frapper , tu me reconnoîtras. (*Il ſort.*)

SCENE VII.

ALEXANDRE, *ſa Suite.*

ALEXANDRE.

Ah ! quelle noble audace !

Tout me plaiſoit en lui , tout , juſqu'à ſa menace.

J'admire en ce Guerrier malheureux & vaincu ,

Cette mâle fierté qu'inſpire la vertu.

　　　　　　(*à ſes Guerriers.*)

Vous, Deſcendans d'Hercule, Enfans de la Victoire,

Vous ſortez d'un combat qui vous couvre de gloire.

　　　Loin de vous livrer au repos ,

Allons nous préparer pour des exploits nouveaux.

　　　Si ton bras me ſeconde ,

　　　O Mars ! Dieu des combats ,

Les limites du monde
Borneront mes Etats.

L E C H Œ U R.

O Mars, Dieu des combats,
Si ton bras nous féconde,
Les limites du monde
Borneront fes Etats.

Un CHEF des GUERRIERS.

Guerrier terrible,
Sois invincible ;
Donne des loix
A tous les Rois.
Que d'âge en âge
On vante tcs exploits,
On vante ton courage ,
Tes vertus, tes hauts faits.
Sois couronné par la Gloire;
Que ta mémoire
Vive à jamais.

L E C H Œ U R.

Sois couronné par la Gloire, &c.

SCENE VIII.

LES ACTEURS DE LA SCENE PRÉCÉDENTE.
Un GREC.

Vers ce rivage un navire s'avance ;
Son lugubre appareil semble offrir à nos yeux
Des mortels malheureux,
Qui viennent implorer votre auguste clémence.

SCENE IX,

LES ACTEURS DE LA SCENE PRÉCÉDENTE.

*AXIANE, dans un vaisseau portant pavillon
noir, suivie de ses Femmes. Elle descend sur
le rivage, & vient se précipiter aux pieds
d'Alexandre.*

AXIANE.

Seigneur, j'embrasse vos genoux,
Sans vous parler des maux de ma Patrie
Gémissante, asservie.
Porus est-il tombé sous l'effort de vos coups ?
Ah ! s'il respire encore,
Je ne veux que le voir.

Pour

Pour ce cœur qui l'adore,
N'eſt-il donc plus d'eſpoir ?

A L E X A N D R E.

Belle Princeſſe,
J'ignore ſon deſtin,
Et je n'ai de ſa mort aucun ſigne certain.
Calmez la douleur qui vous preſſe ;
Je vais . . . .

A X I A N E.

Pour le trouver j'ai fait de vains efforts.
Ah ! s'il le faut chercher, ce n'eſt qu'entre les morts.
Mon malheur eſt extrême.

Quand le deſtin jaloux,
M'enleve mon époux,
M'arrache à ce que j'aime ;
Importune à moi-même,
Et réduite à gémir,
J'exiſte, hélas ! ſans vivre ni mourir.
J'éprouve la douleur d'une odieuſe vie ;
Je ſouffre les tourmens, les horreurs de la mort.
O trépas ! ma plus chere envie,
Viens enfin terminer mon ſort.

D

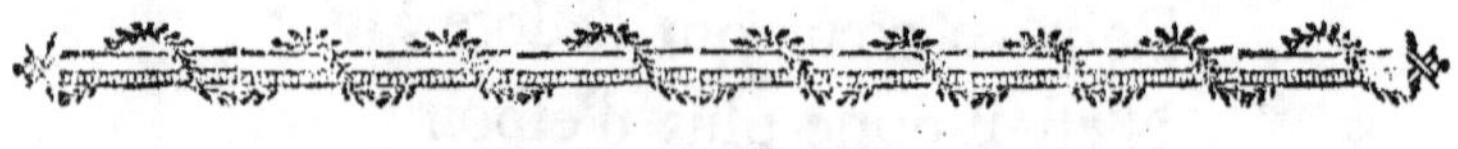

SCENE X.

LES ACTEURS PRÉCÉDENS.

EPHESTION & *sa Suite*. UNE INDIENNE.

ÉPHESTION.

Porus a rejoint son armée.

AXIANE.

Il vit ! Dieux ! quel bonheur pour mon ame alarmée !

EPHESTION.

Tout prêts à l'arrêter ,
Vos Soldats repoussés n'ont pu lui résister.

AXIANE.

Ennemi généreux, autant que redoutable,
    Prenez pitié du tourment qui m'accable :
Ah ! ne combattez plus un Prince malheureux.

ALEXANDRE.

    Je remplirai vos vœux ;
    Que Porus se soumette.
    Si ce bras l'a vaincu ,
Pourquoi rougiroit-il d'avouer sa défaite ?
Croyez qu'un tel combat honore sa vertu.
    Que Porus se soumette ;

Je ne connois plus d'ennemis,
Sitôt que je les vois, ou vaincus, ou soumis.

A I R.

Non, mon cœur n'eſt point inflexible,
Quoique nourri dans les combats.
Hélas ! pour le rendre ſenſible,
Il ſuffiroit de vos appas.
Porus, en perdant la victoire,
N'eſt pas moins heureux dans ce jour.
Je ſuis couronné par la Gloire ,
Porus va l'être par l'Amour.

A X I A N E.

O Guerrier magnanime !
Votre rival mérite votre eſtime ;
Venez dans nos Etats.

A L E X A N D R E.

Je veux y réparer les malheurs des combats ;
Avec les miens je vais m'y rendre.
Vous connoîtrez bientôt les projets d'Alexandre.

A X I A N E ſeule , enſuite avec le Chœur.

Venez, venez, & que la paix
Nous uniſſe à jamais :
Loin des alarmes,

D ij

Goûtons fes charmes.
Venez, venez, & que la paix
Nous uniffe à jamais.

UNE INDIENNE.

La tendre Aurore
En ces lieux
Pour nos Dieux
Fait éclore
Les parfums & l'encens.
Acceptez ces préfens.
Avec nos Dieux partagez notre hommage ;
Vous en offrez l'image ;
Comme eux
Vous nous rendez heureux.

(*On danfe.*)

LE CHŒUR.

Venez, &c.

FIN DU SECOND ACTE.

ACTE TROISIEME.

SCENE PREMIERE.

PORUS, feul.

N'étoit-ce pas affez pour mon malheur extrême,
De voir fuir mes Soldats, vaincus par la terreur ?
  Falloit-il que cet oppreffeur
  Vît Axiane même
  Implorer fa faveur ?
  Ah ! fans doute, fes larmes
  Ont calmé fa fureur ;
  Et peut-être fes charmes
  Auront féduit fon cœur ! ....
  Que dis-je, Axiane infidelle !
  Hélas ! le ~~pourroit~~ *feroit*-elle ? ....
  Efpérons dans ce jour,

Une prompte vengeance.
Songeons à ma défense,
Sans outrager l'Amour.
Axiane s'avance.

SCENE II.

AXIANE, PORUS.

AXIANE.

Par mes soins, cher Porus, la guerre va finir,
Et tu dois consentir....

PORUS.

J'excuse ta foiblesse ;
Mais ne crois pas que la tendresse
Me force de souscrire au plus honteux traité.
J'acheterois la paix par une lâcheté !
Dût m'attendre au combat le sort le plus funeste,
Je sauverai l'honneur, le seul bien qui me reste.
Je dois vaincre ou mourir.

AXIANE.

Pourquoi par ta fureur extrême,
Irriter ce Vainqueur que j'avois sçu fléchir ?

PORUS, réfléchissant.

Trahi par mes Soldats, trahi par l'Amour même....

A X I A N E.

Moi, je te trahirois ! trahit-on ce qu'on aime ?

P O R U S.

Le fort a trompé ma valeur ;
Dans un premier combat, j'ai perdu l'avantage :
Sans doute ces remparts offrent à mon courage.....

A X I A N E.

Eloigne un espoir si trompeur.
Sur la foi d'Axiane, Alexandre. s'avance :
Tu connoîtras jusqu'où va sa clémence...

P O R U S.

Sa clémence, grands Dieux ! que plutôt sa fureur
Porte sur mes remparts, & la flamme & l'horreur.
  Oui, je perdrai la vie,
  Plutôt que ma Patrie
  Soit jamais affervie
  Aux loix de ce Vainqueur.
  Qu'il vienne, & que sa rage
  Se fraye un passage
  Jusques à mon cœur.

A X I A N E.

Au nom des Dieux, détourne la tempête

Qui menace ta tête !

P O R U S.

Je crains peu fes éclats,
Nul danger ne m'arrête.

A X I A N E.

Rien ne peut t'empêcher de courir au trépas?

P O R U S.

Je l'ai vu d'affez près, pour ne le craindre pas.

A X I A N E.

Ta Patrie expirante,
Les larmes d'une amante,
Rien ne peut t'attendrir ;
C'eft trop, c'eft trop fouffrir ;
S'il faut que je périffe,
Que ce foit par ton bras :
Epargne-moi l'affreux fupplice
Que me prépare ton trépas.

P O R U S.

Déja nos Alliés, par un ferment terrible,
Ont juré d'immoler ce Guerrier invincible.

Duo

D U O D I A L O G U É.

Laisse à de vulgaires Amans,
Une crainte inquiete
Que mon ame rejete;
C'est à de nobles sentimens
Que je dus ta premiere estime;
Non je ne puis sans crime
Céder à tes empressemens.

A X I A N E.

Les plus cruels pressentimens
Rendent ma crainte légitime.

P O R U S.

Je ne sçaurois sans crime
Céder à tes empressemens.

A X I A N E.

Écoute une amante fidelle,
Ne peut-elle rien sur ton cœur?

P O R U S.

Au combat la gloire m'appelle;
Non, je ne puis trahir l'honneur.

A X I A N E.

Écoute une amante fidelle.

E

PORUS.

Ne retiens plus mes pas ;
Tu retardes ma gloire.

AXIANE.

Ah ! tu cours au trépas.

PORUS.

Je cours à la victoire.

AXIANE.

Ah ! tu cours au trépas.

PORUS.

Je cours à la victoire,
Ne retiens plus mes pas.

SCENE III.

GANDARTÈS, PORUS, AXIANE.

GANDARTÈS.

SEigneur, Alexandre s'avance;
De la Tour du Palais
On voit briller ses traits.

PORUS, (*avec force.*)

Alexandre s'avance ?
Ami, volons à la vengeance.

AXIANE.

Tu me fuis ?

PORUS.

Je le dois.

AXIANE.

Que je crains de te voir pour la derniere fois !

CHŒUR, *derriere le Théatre.*

Notre ennemi s'avance,
Vengeance, vengeance.

PORUS.

Entends-tu ces clameurs ?

E ij

AXIANE.

O mortelles douleurs !

PORUS & GANDARTÈS.

Volons, volons à la vengeance.

AXIANE.

Secourez-moi, grands Dieux.

PORUS & GANDARTÈS.

Quittons, quittons ces lieux ;
Bravons la rage
De ces audacieux ;
Que leur fang odieux
Inonde ce rivage ;
Quittons, quittons ces lieux.

SCENE IV.

AXIANE & *sa Suite.*

AXIANE.

IL me fuit !... ô Porus ! Porus tu m'abandonnes :
Cruel, ah ! c'eſt la mort que tu me donnes !...
Mes cris ſont ſuperflus.

LE *CHŒUR.*

Notre ennemi s'avance,
Vengeance, vengeance.
Combattons, ne différons plus.

AXIANE.

L'air retentit de cris horribles ;
A travers ce bruit confus,
Je crois entendre, hélas ! ces mots terribles :
Porus n'eſt plus !...
J'entends ſa voix plaintive ;
Je vois ſon ombre errante, fugitive,
Qui ſemble me chercher, & me tendre les bras.
Approchons... tu me fuis... chere ombre que j'adore ;
Arrête, laiſſe - moi te contempler encore.
Tu t'éloignes envain, je vole ſur tes pas.
Je renonce à la vie :
O Porus ! c'eſt à toi que je me ſacrifie.

Reçois mes derniers pleurs,
Je te fuis . . . je meurs.

LE CHŒUR.

Vengeance, vengeance.

AXIANE, *revenant à elle-même.*

Dieux ! quel preftige égaroit mes efprits !
Fuyez, trop fatale apparence.

LE CHŒUR.

Vengeance, vengeance.

AXIANE.

Des Combattans j'entends encor les cris ;
Que l'Amour dans mon cœur appelle le courage!
Jufques à mon amant ouvrons-nous un paffage.
Qui pourroit m'arrêter ! . . .
L'Amour au défefpoir n'a rien à redouter.
Au fort de la tempête,
Porus, je vole à ton fecours ;
Je défendrai ta tête
Au péril de mes jours.
L'Amour éleve mon courage,
Allons, bravons les coups du fort,
Volons au milieu du carnage ;
Ou fauver mon amant, ou recevoir la mort.

SCENE DERNIERE.

Le Théatre change, & repréfente un intérieur de Ville, terminé par une Fortification confidérable. On voit Porus animer fes Soldats, & lancer lui-même des traits fur les Macédoniens; les Machines de Guerre font crouler la Fortification, & Porus tombe au milieu des décombres. Alexandre & les Siens vont pour fe faifir de lui; Axiane entre, & fe met entre Porus & Alexandre.

ALEXANDRE, PORUS, AXIANE,
COMBATTANS.
AXIANE.

BArbares! arrêtez, épargnez ce que j'aime;
Reconnoiffez Porus....

ALEXANDRE.
Porus!

AXIANE.
Lui-même.

ALEXANDRE.
Sa farouche valeur
Auroit dû m'en inftruire.

AXIANE, à Porus.

Ah ! calme ta fureur.

PORUS.

Faut-il que je respire,
Pour fléchir à tes yeux sous le joug d'un vainqueur ?
Je servirois de trophée à sa gloire ?
(à Alexandre.)

Ne l'esperes jamais, jouis de ta victoire,
Et laisse - moi mourir.

AXIANE.

Je te verrois périr !

PORUS.

Je n'attends que la mort, après cette défaite,
Je l'attends sans effroi.

ALEXANDRE.

Ton sort est dans mes mains, tes Etats sont à moi.

PORUS.

Ta rage en ce moment doit être satisfaite.

ALEXANDRE.

Parle, comment veux-tu que je te traite ?

PORUS.
En Roi.

ALEXANDRE.

ALEXANDRE.

Qu'Alexandre, vainqueur, foit donc connu de toi;
Avec la liberté conferve ton empire.

AXIANE.

Dieux, je refpire :
Nos malheurs font finis.

ALEXANDRE.

Porus, foyons amis ;
Heureux dans tes Etats , regne avec Axiane.

PORUS.

A t'admirer enfin ta vertu me condamne ;
Il faut céder... je fens qu'un afcendant vainqueur
Enchaîne à tes deftins & mon bras, & mon cœur.
Pourfuis, & que le fort à ta valeur réponde;
Le Ciel t'a réfervé la conquête du monde.

ALEXANDRE.

Fiers étendarts,
Signaux de la guerre,
Effroi de la terre,
Difparoiffez de ces remparts.

LE CHŒUR.

Fiers étendarts ,
Signaux de la guerre, *&c.*

F

AXIANE.

Un Prince bienfaifant , généreux & fenfible ,
Nous accorde la paix.

ALEXANDRE.

Goutez les douceurs de la paix ;
Quel Vainqueur peut être inflexible ,
En voyant la valeur unie à tant d'attraits ?

LE CHŒUR.

Goûtons les douceurs de la paix.

GANDARTÈS.

Il laiffe repofer fon tonnerre terrible.

AXIANE, GANDARTÈS, EPHESTION.

Et fur fon front guerrier ,
L'olive paifible
Se joint au laurier.

UN CORIPHÉE.

Tout céde à fa puiffance ;
Tout fléchit fous fa loi :
L'Univers plein d'effroi ,
Se tait en fa préfence ,
Et reconnoît fon Roi.

LE *CHŒUR.*

Toi qui fais fuccéder aux plus affreux orages,
Un Ciel tranquile & fans nuages,
Puiffant Arbitre des humains,
En prolongeant fes jours, veille fur fes deftins.

FIN.

APPROBATION.

J'AI lu par ordre de Monfeigneur le Garde des Sceaux, *ALEXANDRE AUX INDES*, Opéra en trois Actes : & je n'y ai rien trouvé qui m'ait paru devoir en empêcher l'impreffion. A Paris ce 23 Août 1783.

BRET.